人形歌集　舟もしくは骨

Hakua — Le Jardin abandonné

Kawano Megumi
Nakagawa Tari

川野芽生
人形❖中川多理

目次

墓もしくは白堊　07

舟もしくは骨　41

1 癲王のテラス　43

2 ヘリオガバルスあるいは戴冠せるアナーキスト　51

3 高丘親王航海記　55

墓もしくは白堊

今生は飛ばぬ約定、　昨夜《きぞ》もまた破りて孔雀色のその天

翔びかたを忘れ得ぬまま（いつよりか）登れるはひとの手になりし段《きだ》

鳥は飛ぶものにあらじか高きより見下ろすわれの睫毛のふるへ

人形を抱きて行き交ひ人形の侍女なるわれら跫音をもつ

止まり木を設へゆくに翡翠の姫はいづれもお気に召さざる

うつくしき裾を広げてゐることを（少女らよ）永遠の飛翔と思へ

しらほねをこの世に置いてゆくやうなしづけさで呼ぶ。たれを――コトリ、と

釉薬を被らずこの世へ来しことを時折悔いぬ笑窪ふかめて

夏ごとに老い夕ごとに目をそばめわれらはunglazedの生れ

睫毛とは夢の蜘蛛の巣　もがきつつ落ちゆく翅の虹色の見ゆ

しろたへの灰降りつもる冬の森に小鳥は卵のごとく黙せり

Ash-tree はトネリコのこと。 森ひとついまも燃ゆるを忘れたまふな

雪、

縷縷としてふり来たり火も水もきみの永住の場所ならねども

歌だつた。

熔けたる黄金《きん》が眼窩より溢るるやうにこの静寂《しじま》さへ

ういすてりあ　視界をつねにあはく染めひとふさの、　かつてありにし庭の、

翡翠よきみが玉座を定むれば銀河はそのめぐりを揺蕩はむ

＊

白堊の街に羽根をひろへり　いま、たれかひかりのごとく地を去りゆきし

舟もしくは骨

1　癩王のテラス

わが骨をまるのみしたる蛇《くちなは》を肉と呼ぶいたみやまざる肉と

月に雲、骨に肉叢《ししむら》　月と骨ましろに惹きあへば肉いたむ

薔薇の葩、膚に降らするやうに病む　花付くるとき弱りゆく木々

肉体は月をいただく夜にして崩えつつ待つはいかな暁

きみは何を肉と呼びしか煌煌とあらはれいづるそれは　幻

精神と名づくる。肉に宿るものすべてを。肉に宿るやまひも。

*

どれがわたしの肉體だらう椿落ち白紅まだらの椿落ちつつ

2　ヘリオガバルスあるいは戴冠せるアナーキスト

太陽と月といづれが鏡ならむ精神にほのあかるむ軀

皇帝の二重関節――虚空へと差し伸べる手を宙吊りにして
春禽の巣のごとき髪を冠りつつ少年は待ち望む破滅を

荒海へ投げ捨てらるる船荷ゆゑ（幼帝よ）かく雷煌《かがや》けり

3　高丘親王航海記

その湖《うみ》を渡る、もしくはその湖となつてあなたはそこに留まる

いつかその湖に落として失くすための貌をわれらは持ち運びつつ

どこにもないところに・辿り着かぬための・あなたはあなたの舟であつた、　と

❖Nakagawa Tari Works

P08——コトリ#3（2024）
P10——白亜の肖像シリーズ No.18 Persia（2024）
P12——白亜の肖像シリーズ No.19 Honey gold（2024）
P14——コトリ#3、翡翠#2（2024）
P17——翡翠#2（2024）
P18——コトリ#3（2024）
P20——白亜の肖像シリーズ No.5 Bone White（2023）
P22——白亜の肖像シリーズ No.20 Costa d'Eva（2024）
P24——白亜の肖像シリーズ No.13 Unglazed（2024）
P26——白亜の肖像シリーズ No.21 兎子（2024）
P28——白亜の肖像シリーズ No.14 Ash white（2024）
P30——白亜の肖像シリーズ No.17 縷々（2024）
P32——白亜の肖像シリーズ No.16 Canary（2024）
P34——白亜の肖像シリーズ No.15 Wistaria（2024）
P37——コトリ#3、翡翠#2／展覧会インスタレーション（2024）
P39——コトリ#3（2024）

P42——ジャヤ・ヴァルマン七世（2018）
P45——ジャヤ・ヴァルマン七世（2018）
P47——王の肉体（2018）
P48——王の精神（2018）
P53——ヘリオガバルス（2018）
P56——かろき骨のみこ（2020）

川野芽生❖Kawano Megumi

歌人、小説家。二〇一八年、第29回歌壇賞受賞。第一歌集『Lilith』（書肆侃侃房、2020）にて第65回現代歌人協会賞受賞。第二歌集『星の嵌め殺し』（河出書房新社、2024）、小説に短篇集『無垢なる花たちのためのユートピア』（東京創元社、2022）、掌篇集『月面文字翻刻一例』（書肆侃侃房、2022）、長篇『奇病庭園』（文藝春秋、2023）『Blue』（集英社、2024）がある。エッセイ集に『かわいいピンクの竜になる』（左右社、2023）。評論集『見晴らし台』（ステュディオ・パラボリカ）準備中。

中川多理❖Nakagawa Tari

人形作家。埼玉県岩槻市生まれ。筑波大学芸術専門学群総合造形コース卒業。DOLL SPACE PYGMALIONにて吉田良氏に師事。札幌市にて人形教室を主宰。作品集に『Costa d'Eva イヴの肋骨』『夜想#中川多理——物語の中の少女』、『薔薇色の脚』、山尾悠子との共著『小鳥たち』『新編 夢の棲む街』（いずれもステュディオ・パラボリカ刊）など。
https://www.kostnice.net

中川多理展「白堊——廃廟苑於［はいびょうえんにおいて］」
2024年5月10日～14日 元映画館
中川多理展「老天使の肋骨 The Costa of the Ancient Angel」
2024年11月29日～12月3日 元映画館

中川多理展「白堊──廃廟苑於 Hakua – Le Jardin abandonné」頌

人形歌集　舟もしくは骨

２０２４年12月21日発行

短歌◆川野芽生　人形・写真◆中川多理

発行人／アートディレクター◆ミルキィ・イソベ

編集◆今野裕一（ペヨトル工房）　デザイン◆ミルキィ・イソベ＋安倍晴美

発行◆株式会社ステュディオ・パラボリカ

東京都台東区花川戸１-13-９ 第２東邦化成ビル５Ｆ　〒１１１-００３３（☎０３-３８４７-５７５７／℻０３-３８４７-５７８０）

印刷製本◆中央精版印刷株式会社

ISBN978-4-902916-53-9 C0092